무감정

> 당신의 바다는
> 삶을 받아쓰는 당신을 응원합니다.

책 제목 무감정
2025년 9월 30일 1판 1쇄 펴냄

글쓴이 이수빈
펴낸이 김민섭
펴낸곳 당신의바다

출판등록
주소 강원특별자치도 강릉시 강릉대로 217 3층
이메일 xmasnight@daum.net

ISBN 979-11-93847-46-6 (02810)

만든 사람들
편집 이유나   **디자인** 김현아

무 감 정

이수빈

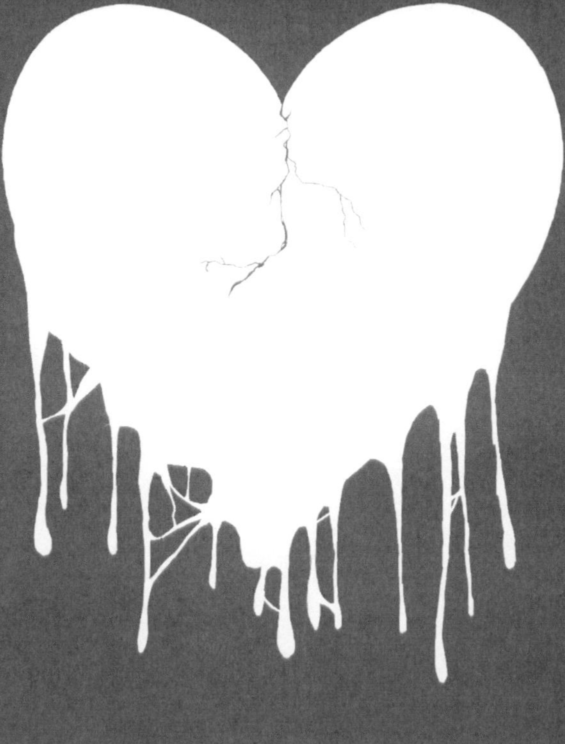

으아아앙-!

아이의 우렁차면서도 예술 같은 울음소리가 병실에 울려 퍼진다. 사람들은 분주하게 움직이면서 산모와 아이를 관리한다. 산모에게 아이의 얼굴을 보여줬을 땐, 아이의 부모님은 얼마나 기뻐하셨는지 모른다. 새 생명의 탄생이란 그 무엇보다 신기하고 축복받아야 하는 일이다. 여러 사람의 축복 속에서 새 생명에게 김주희라는 이름을 지어주었다. 엄마 품에 안겨서, 우는 것밖에 할 줄 모르던 아이는 어느새 아장아장 걸으며 엄마의 품속으로 들어간다.

"어마."

주희의 부정확한 발음에 부모는 감격하며 주희를 들어 올린다.

"여보! 애가 말을 했어요!"

"정말?!"

주희는 부모가 무엇 때문에 웃고, 우는 것인지 알 수 없다는 표정으로 부모를 내려다본다. 주희는 옹알이에서 정확한 발음을 하자, 유치원이라는 첫 사회생활에 발을 들인다. 처음 보는 사람과 자신보다 거대하거나 작은 사람들을 보며 엄마의 손을 더욱 더 꽉 잡는다.

"엄마…."

주희는 엄마를 올려다본다. 그런 주희의 시선에 엄마는 활짝 웃고는 주희와 눈높이를 맞추며 쭈그려 앉았다.

"앞으로 혼자 여기서 시간 보내야 하는데, 그럴 수 있지?"

주희는 엄마와 유치원 앞에서 부모님들과 헤어져 우는 아이와 씩씩하게 들어가는 아이가 보였다.

"같이 안 들어가?"
"입학식 때 들어갈 거야."
"…그러고 가?"
"주희는 여기 몇 시간 더 있어야 해."
"알았어."

주희는 우는 아이와 씩씩하게 들어가는 아이 중 씩씩하게 들어가는 아이를 택했다. 주희는 선생님의 지도에 따라 반으로 들어가 구석에 앉았다. 반의 구석에 쭈그려 앉아, 주희가 제일 좋아하는 놀이인 '사람 관찰하기'를 시작했다. 이곳저곳을 뛰는 아이들은 입꼬리가 귀에 걸릴 정도로 입을 찢었고, 눈에서 비가 내리듯 우는 아이는 눈이 지워질 정도로 눈에서 흐르는 비들을 닦기 바빴다.

'…바보.'

여러 아이를 관찰하며 시간이 가기를 기다렸다. 주희는 자기 몸을 더욱더 움츠려 고개를 푹 숙이고는 자신을 어둠 속으로 가두었다.

'…엄마 보고 싶다.'

주희는 눈을 감으며 아이들의 목소리를 들었다.

터벅터벅-

주희는 자신에게 오는 발소리에 자신도 모르게 고개를 들었다. 발소리의 주인을 보기 전에 발이 먼저 보였는데, 자신과 비슷한 발 크기에 자신의 또래이니 상관없다는 듯이 고개를 다시 어둠 속으로 떨구려고 했을 때였다.

"안녕?"
"…어?"

주희는 어색하게 놀란 토끼 눈을 하고는 자신에게 인사를 건넨 아이를 올려다보았다.

"난 한연주야!"
"응…."

연주는 주희의 옆에 앉아 주희에게 딱 달라붙었다.

"왜 여기 있어?"
"…저리 가."

주희는 그런 연주에게 등을 돌렸다. 마치 포식자에게서 도망이라도 치려는 먹잇감처럼.

"나랑 놀자."
"나 재미없어."
"그래서?"
"….."
"너 이름이 뭐냐니깐?!"

 연주는 주희의 어깨를 잡아, 주희의 관심을 얻기 위해 흔들었다.

"…김주희."
"이름 예쁘다!"
"…이제 저리 가."

 연주는 주희의 말에 어깨를 잡고 있던 손을 떼고는 자리를 옮겼다. 연주가 사라지는 것을 느끼고는 다시 고개를 숙여 입학식이 시작되기를 기다렸다.

"자~ 아이들~!"

선생님의 목소리에 고개를 들고는 선생님을 바라보았다.

"이제 곧 입학식이에요. 다들 여기로 모여서 앉아서 기다리세요."

선생님의 손짓에 아이들은 주춤거리며 선생님의 앞으로 모였다. 그런 아이들을 보고는 자리에서 일어나 그들을 빤히 바라보았다. 선생님의 주위로 모여드는 아이들을 보며 눈을 천천히 감았다. 암흑의 세계에 벗어나기 위해 발버둥 치며 하얀빛을 잡았을 때는 유치원을 졸업한 시기였다. 유치원이라는 저장소에는 한연주라는 아이의 이름만이 남겨져 있었고, 첫 사회생활이 끝나 두 번째 사회생활인 초등학교에 입학 된다. 어린아이들 순수한 모습은 어디 가고 부모님의 키의 절반 정도 될 정도로 빠른 성장을 보여주었다. 그런 아이들을 뒤로하고, 부모님 손을 꽉 잡으며 부모님의 얼굴을 바라보았다. 그런 주희의 시선에 부모님은 주희를 내려다보며 피식 웃고는 주희를 들어 올렸다.

"웃어야지, 이런 좋은 날에."
"…모르겠어."

주희의 말에 부모님은 놀라 주희를 빤히 바라보았다.

"…아빠랑 엄마랑 떨어져야 하잖아."

주희는 부모님의 심연 같은 눈 속을 빤히 바라보았다.

"엄마랑 아빠는 주희의 여기에 있어."

부모님은 동시에 주희의 심장에 손을 올려놓았다. 주희는 조용히 고개를 끄덕이고는 유치원에서

했던 것처럼 쥐 죽은 듯이 있었다. 아니, 쥐가 있었는지도 없었는지도 모를 정도로 조용히 있었다. 초등학교에 3년 동안 물들려 지면서 아무런 일이 없었다. 그저 사람들과 어울릴 때 꺼렸던 정도다. 3년이 지난 시점인 초등학교 4학년이 되던 해, 여름이라는 뜨거운 열기가 주희를 감싸는 날이었다.

'더워….'

차 창문 밖으로 보이는 열기에 감싸져 더워하는 아이들이 보였다.

"오늘 6교시지?"
"…응."

주희가 창문으로 거의 다 와 가는 학교를 빤히 바라보며 멍을 때릴 때, 햇살 같은 한 소녀가 주희의 시선을 사로잡았다. 소녀가 해맑게 학교 정문으로 들어가는 뒷모습이 보였다.

'…어?'

주희는 더위에 홀려 잘못 본 것이라, 생각하고는 차에서 내렸다. 반으로 들어가자, 에어컨 바람이 더위를 붙잡고 사라졌다.

"너 되게 귀엽다!"

한 여자아이의 목소리가 들리는 곳으로 고개를 돌렸을 때는 한 아이를 중심으로 아이들이 가득했다.

"헤헤… 그건 아니야, 너도 귀여워!"

한 아이는 해맑은 목소리로 답을 했다.

'전학생인가.'

전학생과 눈이 마주치자 전학생은 자리에서 벌떡 일어나 주희에게 달려왔다.

"어? 안녕!"

주희가 전학생의 모습을 자세히 바라보니 유치원 때 만났던 연주였다. 주희는 그런 연주를 반가워하지는 않았다. 유치원 때 스쳐 갔던 인연 중 귀찮은 인연이 다시 나타났다는 현실에 주희는 자신에게 가까이 온 연주를 살짝 밀어 자신과 거리를 벌렸다. 연주의 얼굴에 항상 떠 있던 미소는 잠시 사라졌지만, 해맑게 웃으며 주희를 바라보았다.

"네가 이 학교에 다닐 줄은 몰랐어!"

연주는 주희의 두 손을 꽉 잡았다. 주희는 그만하

고 놓으라는 눈으로 연주를 빤히 바라만 보고 있었다. 주희와 연주의 주변으로 반 아이들이 모이기 시작했다. 아이들의 목적은 주희가 아닌 연주였지만, 주희는 그것마저 불쾌하게 느꼈다. 주희는 연주의 두 손에 힘이 풀린 것이 느껴지자, 손을 뿌리치듯 놓으며 자신의 자리로 갔다. 자리에 앉아 공책과 필통을 꺼내 흰 배경에 검은 줄들을 채워 나갔다.

드르륵-

"너희들 벌써 연주랑 많이 친해졌구나. 새로운 친구도 좋지만, 수업 시작할 시간이니, 다들 자리에 앉으세요."

선생님은 앞문에서 뿌듯한 눈빛으로 연주를 감싼 아이들을 바라보았다. 아이들은 선생님의 말씀에 자리에 앉기 시작했다. 연주는 자리에 앉은 후 뒤돌아 주희를 빤히 바라보며 피식 웃고는 선생님을 바라보았다.

"다들 인사를 나눴겠지만, 연주야 나와서 자기 소개해볼래?"
"네!"

연주는 산책을 기다리는 강아지처럼 해맑게 앞으로 나갔다.

"안녕! 내 이름은 한연주야."
"좋아하는 건 뭐야?!"

연주 앞에 있던 한 남학생이 연주에게 묻자, 연주는 그것마저 좋다는 듯이 잔뜩 흥분한 상태로 말했다.

"난 우리 가족이랑 친구 그리고 노는 게 제일 좋아!"

"그럼 싫어하는 건?"
"잘하는 건?"
"좋아하는 음식은?"

질문에 답을 하자 아이들은 흥분하여 연주에게 여러 질문을 하였다. 여러 질문이 연주에게 쏟아지자, 선생님은 아이들의 말을 중단하며 말했다.

"얘들아, 연주에게 궁금한 게 많은 건 알겠지만 이렇게 여러 사람이 질문하면 연주도 곤란할 거야."

연주는 선생님을 힐끔 바라본 후 해맑게 웃으며 말했다.

"나중에 나한테 오면 답해줄게!"

연주는 황급히 자리로 돌아갔다.

"연주가 학교 적응할 수 있게 여러분들이 잘 도와 줘야 해요. 알겠죠?"
"네~!"

선생님은 수업 준비를 위해 컴퓨터를 켜며 수업 준비를 하였다. 아이들은 연주에게 몰려들며 여러 질문을 하기 바빴고, 그런 모습을 보고 있자니 연주가 한심해 보였다.

" 무궁화 꽃이 피었습니다 하자!"
"아냐! 연주는 그런 놀이 안 좋아할걸? 눈깜술하자!"

연주의 주변에 아이들은 자신들이 먼저 연주와 놀겠다며, 서로 투덕거렸다.

"다 같이 놀면 되잖아."

연주는 해맑게 웃으며 아이들을 진정시키기 바빴다. 아이들은 자신의 놀이를 먼저 하자며 싸웠지만, 연주는 그들을 뒤로하곤 조용히 글을 쓰는 주희에게 다가갔다.

"너도 같이 놀자."
"난 별로."
"왜 이리 무뚝뚝해."
"뭐해?"

연주의 말에 공책을 서랍에 넣고는 다음 교시의 책을 꺼냈다.

"네가 알아서 뭐 하게."

무심하게 말하며 연주를 때어 놓기 바빴지만, 연주는 앞에 앉아 주희를 빤히 바라보았다. 아이들의 시선은 연주 쪽으로 향하면서 있었는지 없었는지 존재감이 불분명하던 쥐의 옆에 포식자들에게 인기 있는 쥐가 나타났다. 잠깐의 존재감이라는 것이 생겼다. 주희라는 쥐에게는 그것은 사냥감의 표적과도 같았다. 쥐구멍에서 나오면 달려들기 시작할 포식자들은 쥐들을 빤히 바라보았다.

"…애들이 기다려."

연주에게 작게 속삭이듯 말을 건넸다. 연주는 아이들을 힐끔 바라본 후 해맑게 웃으며, 주희를 바라보며 작게 속삭였다.

"점심시간에 네가 학교 소개해줘야 한다~?!"
"뭐?!"

연주를 놀란 눈으로 빤히 바라보자 연주는 늘 보여주던 웃음만 남기고 아이들이 있는 곳으로 자리는 피했다. 멀어져가는 연주를 불러 세우려고 했지만, 누군가 목을 조르는 듯이 목소리가 안 나왔다. 한숨을 푹 내쉬고 교과서의 표지에 보이는 해맑은 아이들의 그림을 빤히 바라보았다.

"자~ 다들 이제 자리에 앉으세요. 연주는 책이 아직 없으니, 옆에 있는 현준이랑 같이 봐."

쥐의 존재는 조용히 사라졌고, 화려한 쥐는 포식자들에게 찬송 받고 있었다. 눈을 슬며시 감았다, 뜨니 눈앞에는 연주가 있었다.

"ㅁ… 뭐야?"
"밥 먹으러 가자!"
"어…?"

연주는 손을 덥석 잡고는 급식 줄에 끼워 넣었다. 줄은 마치 퍼즐에 맞지 않는 퍼즐 조각을 끼워 넣은 형태가 되었고, 연주는 위화감을 느끼지 않고 해맑게 웃고 있었다.

"그동안 잘 지냈어?"
"…응."
"넌 나한테 궁금한 거 없어?"
"응."
"응으로만 대답할 거야?"
"풀어서 말할 필요 없잖아."
"너무해."

 연주는 말은 서운해했지만, 얼굴은 항상 미소를 띠고 있었다. 주희는 그런 연주의 얼굴을 빤히 바라보며 의문을 가졌지만, 입 밖으론 말하지 않았다. 아무리 항상 웃는 연주여도 한계라는 것이 존재하니깐. 주희는 어린애답지 않게 한숨을 푹 내쉬고는 바닥에 그려진 일정한 패턴의 무늬들을 바라보았다.

"넌 어릴 때랑 안 변했다."

"아직 어린 네가 그런 말을 하는 건 아닌 것 같은데."

"우리 엄마가 그랬는데, 아직 우리 같은 아이들이 어른처럼 굴면 안 된다고 했어."

연주는 해맑은 얼굴로 주희를 계속 바라보았다. 어른처럼 굴면 안 된다는 말은 주희의 머릿속에서 소용돌이를 만들었고, 주희는 그런 소용돌이에서 빠져나오지 못하고 소용돌이에 휘말렸다.

"…어른처럼 구는 게 무슨 의미야? 그리고 난 어른처럼 군 적 없어."

주희는 연주의 햇살 같은 눈 속을 빤히 바라보았다. 연주는 잠깐 고민에 빠져 항상 유지하던 햇살은 잠시 내려가고, 그림자가 자리를 잡았지만, 한순간에 다시 햇빛이 자리를 잡았다.

"말투가 너무 어른스럽다고, 엄마가 그래서 어른처럼 구는 아이는 너무 빨리 어른스러워진 거라고."

"그건 철들었다고 하지 않아?"

"그런가, 이 나이에는 철드는 게 아니라고 했어. 뛰어놀고, 친구들이랑 여러 놀이하면서 웃어야 한대."

"네 말투가 더 어른 같아."

"아니거든!"

복잡한 급식실을 벗어나 반으로 올라가려던 순간 연주가 주희의 손을 덥석 잡았다.

"학교 소개!"

연주는 기대 가득한 얼굴로 주희를 바라보았다. 주희는 한숨을 푹 내쉬고는 몇 걸음 올라가지도 않은 계단을 천천히 내려갔다. 대신 떠넘길 다른 애를 찾으려고 고개를 두리번거렸지만, 복도는 한적했고 밖에서는 아이들이 뛰어노느라 바빴다. 한숨을 푹 내쉬고 주희는 연주를 이끌고 신발장에 걸려 있는 1층 지도를 가리켰다.

"저거 봐."
"저거는 1층만 있잖아!"
"1층 소개했잖아."
"바보! 가이드처럼 학교 돌아다니면서 알려달라고!"

주희는 연주를 끌고 2층으로 올라갔다. 2층에는 여러 아이의 목소리가 들렸다.

"너 움직였어!"
"통 벽 귀신님 오셨나요?"
"이번 괴담은 과학실 괴담이야."

팍-

"앗싸! 딱지 넘어갔다!"
"아 진짜… 물 묻히는 건 반칙이잖아!"
"너도 하던가, 아무튼 딱지 잘 받아 간다."
"아, 다시 해!"

1층과는 다르게 2층 복도에는 서로 다른 반 아이들이 모여 각종 놀이와 괴담 얘기를 하면서 시간을 보내며 복도에 자리를 잡았다. 그런 모습을 보는 다른 아이들은 익숙하다는 듯이 피해가 가지 않게 돌아가거나, 피해가 가지 않는 주변으로 지나갔다. 복도는 아이들의 웃음소리에 부흥 거리로 변하였다.

"되게 소란스럽다. 2층에는 뭐가 있어?"

아이들을 빤히 바라보던 주희의 뒤에서 가이드를 해주길 기다리는 연주가 빤히 보고 있었다. 주희는 소개해주는 일은 처음인 지라, 주변을 두리번 거리며 구경거리를 찾고 있었다. 주변을 살피던 주희의 눈에는 책을 들고 오는 아이들이 시선을 사로잡았다. 주희는 연주에게 손을 내밀었다. 연주는 그런 주희의 손바닥을 빤히 바라보았다. 주희는 그런 연주의 시선을 따라 자기 손바닥을 본 후 연주의 손을 미끼를 무는 물고기처럼 덥석 잡고는 도서관으로 다가갔다.

"네가 잡아주는 건 처음이야!"
"아까부터 느낀 건데, 너 손 잡는 거 되게 좋아한다."

연주는 아무런 말을 하지 않았지만, 주희는 연주의 표정이 예상 갔다. 강아지처럼 해맑은 미소. 주희의 머릿속에서 연주의 미소가 떠나질 않았다. 도서관에 들어서며 연주는 확인했다. 연주는 태양 같은 밝은 미소로 주희를 반겼다.

"응, 나 손 잡는 거 좋아해!"
"…도서관은 설명 안 해도 알지?"
"응!"

 작은 목소리지만 연주의 목소리에는 기쁨이 가득해 보였다. 주희는 그런 연주를 뒤로하곤 책 하나를 집어 들어 연주에게 건넸다. 연주는 아무것도 모르는 얼굴로 책을 받아서 들었다. 강아지가 그려진 그림책과 주희의 얼굴을 번갈아 보았다.

 "너 닮았어."

 주희는 그 말을 끝으로 다른 책을 구경하러 갔다. 몇 분 정도 지나자 연주가 주희의 어깨를 툭툭 쳤다. 주희는 그런 연주의 손길에 고개를 힐끔 돌렸다. 고양이가 있는 고양이에 관한 책이었다.

 "이건 너 닮았어."

"왜?"

연주는 피식 웃으며 표지에 있는 고양이를 가리켰다.

"이 고양이 차가워 보이는데, 너 닮았어."
"고양이가 왜 날 닮았는데."
"겉으로는 차가운데 알고 보면 그 무엇보다 따듯하잖아."
"…네가 내가 따듯한지 어떻게 알아."
"나에 대해 잘 알잖아."
"뭐, 손잡기를 좋아한다는 걸 아는 게?"
"응."

연주는 해맑은 표정으로 주희의 손을 잡았다.

"우리 친구지?"
"…마음대로 해."

"제대로 답해줘."
"…응. 우리 친구야."

 연주는 원하는 대답을 얻었는지 손을 놓아주고는 도서관을 나갔다. 주희는 연주의 행동에 놀라 책을 정리하고는 연주를 따라 나갔다. 도서관을 나오니 시끄러웠던, 주위는 어느 순간 조용해졌다. 연주의 모습이 안 보이자 잠시 주위를 살핀 후 자신의 반으로 돌아가 책을 읽었다. 책을 읽으면서도 연주의 행동을 알 수 없어, 책에 집중이 안 되었다. 수업시간이 되었어도 교과서의 글들은 눈에 들어오지 않았다. 공부를 반쯤 포기하고, 교과서에 구멍이 날 정도로 빤히 바라보았다.

 '아…. 언제 끝나.'

 학교가 끝나자 조용히 밖으로 걸어가 부모님을 기다렸다. 뜨거운 더위에 고개를 푹 숙이자 자신보다 하찮은 존재가 자신의 밑을 지나가고 있었다.

'…개미다.'

홀린 듯이 자신의 그림자로 지나가는 개미를 바라보았다. 개미들은 바쁘게 한 목표만 보고 나아가고 있었다. 그런 개미가 거슬렸는지 아니면 자신보다 하찮은 존재여서 그런지, 개미의 앞길을 발로 막았다. 하지만 그런 주희의 방해에도 개미는 발을 피해 지나갔다. 주희는 개미가 자신의 발을 지나가자 기분이 상했는지 주위에 있던 돌로 개미를 내려찍었다. 개미가 살아있는지 확인은 하지 않았지만 아마 죽었을 것이다. 개미 시점에서는 운석과도 같은 것이 떨어졌으니, 안 죽는 게 신기할 노릇이다.

주희는 잠시 주위를 살피며 자신의 부모님 차를 찾다가 옆에 있던 그늘로 몸을 피했다. 여러 아이가 부모님을 만나 환호하며 집에 가는 소리가 주희의 귀를 강타했지만, 주희는 그저 바닥에 지나가는 개미들을 바라보거나 죽이는 것밖에 할 수 없었다. 또다시 개미를 죽이려고 돌을 집어 높게 들던 순간이었다.

"너도 돌 맞으면 기분 나쁘잖아."

목소리가 들리는 곳으로 고개를 돌리자, 연주가 해맑게 웃으며 자신을 바라보고 있었다.

"…왜 집에 안가?"

주희는 높게 들었던 팔을 내려 연주를 바라보았다. 연주는 주희의 옆에 다가갔다.

"엄마가 아직 오지 않았어. 너도 부모님 기다려?"
"응."
"개미는 왜 죽이고 있는 거야?"

"모르겠어. 그냥….."

주희는 들고 있던 돌을 제자리에 둔 후 개미를 내려다보았다.

"너도 자신보다 몇 배는 큰 사람이 너한테 아무 이유 없이 돌을 던지면 기분이 나빠, 안 나빠?"
"기분 나쁘지. 근데 쟤는 죽어서 아무런 말을 못 하잖아."
"너 진짜 너무하네. 개미도 생명이야."
"생명도 죽으면 아무런 말 못 해."
"네가 죽기 직전의 개미의 심정을 알아?"

주희는 잠시 고민하며 개미가 깔린 돌과 자신을 교육하는 연주를 번갈아 봤다.

"안 죽어 봐서, 몰라."
"너도 죽으면 저럴걸."

"내가 저렇게 죽어?"

"아니. 그건 아니지만…."

"네가 아무리 날 설득하려고 해도 난 너 말 안 들을걸."

"왜?"

"사람들은 누구 말 잘 안 들어."

"난 잘 듣는데?"

"미래에는 다를걸."

 연주는 그런 주희의 말에 무언갈 말하려고 입을 열었다. 한 자동차가 그들의 앞에 멈춰 운전석에서 창문이 내려가자 한 어른의 모습이 보였다. 연주는 해맑게 웃으며 엄마라고 부르며 달려가 차에 탔다. 창문이 내려가고 연주만의 특유의 웃음을 보이며 손을 흔들고 사라졌다. 사라져만 가는 자동차를 바라보며 자신의 부모님이 빨리 오기를 기다렸다. 몇 분 뒤 부모님이 왔지만 차 안에서는 주희가 먼저 입을 열지 않았다. 주희의 시간은 연주 덕분에 빠르게 지나갔다. 날짜들은 빠르면서도 작년에도 있던 똑같은 숫자들이 달력을 차지했다. 하지만 부모님은 새로운 해가 자신들을 반겨와도, 주희의 무표정이 걱정에 걸렸는지 주희는 데리고 병원에 갔다.

"이거는 저희 소아·청소년과에서 해결할 수가 없고요. 큰 병원에 가보시는 걸 추천해 드려요."

의사의 말에 부모님은 놀랐다. 부모님의 손에 끌려 큰 병원에 따라갔다. 여러 복잡하고 힘든 과정 끝에 결과를 보고 받던 순간 부모님은 아까보다도 크게 놀랐다. 마치 죽을 병을 진단받은 사람처럼 말이다.

"감정표현 불능증이라는 건요, 자기 감정을 잘 느끼거나 말로 표현하는 게 어려운 상태를 말해요."
"혹시 치료법이 있나요…?"
부모님은 신에게 기도하듯 의사를 바라보며 자신

들이 원하는 답변이 오길 기다렸다.

"네. 있습니다."

의사의 말에 기뻐하며 서로 얘기하다가 엄마가 주희를 끌고 밖으로 나갔다.

"나 진료 끝났어?"

주희는 아빠 혼자 남겨진 병실과 엄마를 바라보며 말했다.

"응, 아빠가 의사 선생님이랑 잠시 얘기하고 올 거야. 기다려 줄 수 있지?"
"응. 나 기다리는 거 잘해."

몇 분 뒤 아빠가 나오자 병원을 나와 서로 아무런 말을 하지 않았다. 주희는 그런 환경과 분위기가 이상했지만, 조용히 쉴 수 있어 창밖을 빤히 바라보았다.

'참새다.'

여러 참새가 하늘을 나는 것을 보며 홀린 듯 참새만 바라보았다. 하늘에 떠 있는 구름을 보며 여러 특정 모양인 신기한 구름을 찾는다.

'저건 토끼… 어, 저건 거북이 닮았다.'

집에 도착하자 부모님은 주희를 방으로 들여 보냈다. 밖에서는 부모님이 얘기하는 소리가 들렸지만, 주희는 조용히 핸드폰을 만지작거렸다. 주희의 방문이 열리자 주희는 고개를 돌려 부모님을 바라보았다.

"왜?"

부모님은 약들을 건네주며 말했다.

"이거 먹으면 안 아플 수 있어."
"…나 약 싫어."

엄마는 주희의 손을 꽉 잡으며 떨리는 목소리로 말했다.

"엄마를 위해 먹어줄 수 있지?"
"…알았어. 해볼게."

해맑은 미소를 보인 후 주희의 방을 나갔다.

'…약 먹기 싫은데.'

약들을 한참 동안 바라보며 책상 위에 올려두었다. 어두웠던 하늘은 어느새 빛을 찾기 시작했고, 잠들어 있던 태양은 서서히 열기와 빛을 끌고 와 사람들에게 자신의 존재를 알렸다.

"주희야, 일어나야지."
"일어났어요."

핸드폰을 바라보던 주희는 핸드폰을 끄고 주방으로 가 엄마를 바라보았다. 엄마는 주희를 발견하곤 알았다는 듯 윙크를 날렸다. 주희는 화장실로 가 머리를 감은 후 엄마가 차린 밥을 먹고선 옷을 갈아입다가 책상에 올려진 약을 바라보았다. 약 하나를 뜯어 주머니에 넣고는 학교로 출발했다. 학교에 오자마자 가방을 두고는 주머니에 있던 약을 화장실 변기에 버린다. 주희는 내려가는 약들을 빤히 바라보며 쓰레기통에 약봉지를 버린다.

"너 아까 급하게 화장실 갔던데. 어디 아파?"

연주는 화장실에 약을 버리러 가는 것을 본 것인

지 주희에게 다가왔다.

"그냥 약 버리고 왔어."
"약을 왜 버려? 아파서 먹는 약이잖아."

반에 단둘이 있음을 확인한 주희는 주변을 살핀 후 연주를 데리고 자신의 자리로 갔다.

"어제 부모님이랑 병원에 갔는데 '감정표현 불능증'이래."
"어, 나 그거 알아."
"그래? 그럼 설명 안 해줘도 괜찮겠네."
"근데 그건 약 먹어야 하잖아."
"…난 안 아픈데 왜 약을 먹어. 난 그냥 남들과 조금 차이가 있을 뿐이야. 아무런 문제 없어."
"흠…. 그럼 내가 도와줄까?"
"어떻게?"
"내 꿈은 심리상담사거든? 내가 너한테 맞춰주

면서 '감정'에 대해 알려줄게!"

"…. 너만 답답할 텐데."

"걱정하지 마! 우리는 친구잖아?"

 연주는 주희에게 약을 달라는 듯 주희에게 손을 뻗었다. 주희는 조용히 연주의 말에 수긍하며 연주의 손에 약을 건넨다. 연주는 과학자가 된 것처럼 약들을 섬세하게 보고 있었다. 주희는 그런 연주의 관찰에 가만히 연주를 바라보고 있었다. 시간이 조금 지나자 복도에서 다른 아이들의 소리가 들렸다.

 연주는 소리를 듣자마자, 자신이 관찰하던 약을 자신의 주머니에 넣는다. 연주는 피식 웃고는 복도로 향했다. 주희는 그런 연주를 빤히 바라보며 연주의 행동을 빤히 바라보았다. 연주는 뒤도 돌아보지 않고, 반을 나섰다.

 주희는 자리에 앉아 시간이 지나가기를 기다리며 수업을 들었다. 머릿속에 수업의 내용은 하나도 안 들어오지만, 듣는 척이라도 하며 선생님, 주변 애들을 관찰하는데 시선을 옮겼다. 집에 들어와 화목한 분위기를 바라보자, 자신에게 거부감 드는 느낌이 들어 황급히 방으로 들어갔다. 침대에 누워 늘 보던 천장을 바라보며 아까 자신이 느낀 불쾌감과 거부감은 무엇이었는지, 곰곰이 생각하며 천장이 뚫릴 것처럼 빤히 바라보았다. 눈이 아파져 오자 잠시 생각을 멈추고, 눈을 감고 검은 어둠 속에서 청각에 의존하며 자기 생각에 대한 정답을 얻었다. 정답을 얻고 난 후 눈을 떠 맨날 보던, 지겹고 지겨운 천장을 바라보았다.

징-

고개를 돌려 충전기에 꽂아둔 핸드폰을 향해 손을 뻗는다.

'나한테 연락 올 사람 없는데. 연주인가…?'

주희는 내심 기대하며 잠금화면에 띄워진 문자를 확인했다. 다름 아닌 선생님의 문자에 기대는 완전히 사라졌다. 선생님의 문자는 여러 걱정 어린 말과 응원의 메시지였다. 대충 눈으로 훑어본 후 핸드폰을 끄고 옷도 갈아입지 않고, 잠에 빠졌다.

"…뭐야."

주위를 살피자 어두운 공간에 혼자 서있었다. 주변을 살펴도 어두운 공간만이 보이자, 조심히 걸음을 옮겨 앞으로 나갔다. 몇 분 동안 걸었는지 알 수 없이 계속해 앞으로 걸음을 옮겼다. 고개를 들자 점점 밝은 빛이 눈앞에 아른거린다. 눈을 질끈 감으며 빛에 적응되기 전까지 눈을 감았다. 눈을 조심히 뜨자, 검은 어둠이 사라지고 어느 방이 나왔다. 훌쩍이는 소리에 고개를 돌리자 한 아이가 구석에 쭈그려 앉아 울고 있었다. 주희는 조심히 아이에게 다가갔다.

"…왜 울고 있니?"

아이는 아무런 말을 하지 않은 채 계속 눈물만 흘리고 있었다. 문밖에서는 소란스러운 소리와 여러 물건이 떨어지고 깨지는 소리만이 가득했다. 아이를 두고 문을 향해 조심히 다가갔다. 문에 점점 다가갈수록 소란스러운 소리는 귀를 강타했고, 문 앞에 도착해 문고리를 잡아 조심히 문을 열어 작은 틈을 만들었다. 밖에서는 부부로 보이는 사람들이 언성을 높이며 눈에 보이거나, 손에 잡히는 물건들을 서로에게 던졌다. 이런 싸움들이 여러 번 있었는지 서로에게 멍이나 상처가 있었고, 물건들은 자주 던져졌는지 여러 균열과 복구를 시도한 흔적들이 보였다.

'무슨 애를 두고 싸우는 거야?'

주희가 문을 더 열려고 몸을 잠시 빼자, 구석에서

울고 있던 아이가 자신의 바지를 잡았다. 주희는 고개를 아이에게로 돌렸다. 아이는 익숙한 얼굴이지만 기억이 잘 나지 않았다.

"가지 마요…."
"넌 누구니?"

아이는 입을 꾹 다물고는 자신의 손가락만 만지작거렸다.

"말하기 싫으면 말하지 마."
"저랑 같이 있어 줘요…."

아이의 말에 문을 닫고 몸을 숙여 아이와 눈을 맞췄다.

"뭐 하고 놀까?"
"같이 책 봐요."

"어린애답지 않네. 보통은 인형 놀이나 소꿉놀이 하지 않나?"

"어린애의 기준이 뭐예요…?"

"뭐…. 순수하고 호기심 많고, 장난꾸러기 정도?"

"…그건 언니 기준이잖아요."

"그럼, 네 기준은 뭔데?"

"모르겠어요."

아이의 말에 의아해 하며 방을 살폈다. 방안에는 아이가 놀 만한 장난감들은 보이지 않고, 여러 책과 문제집이 있었다.

"네가 푸는 거야?"

"네. 아빠가 하라고 하셨어요."

"왜?"

"하면 인생에 도움이 된대요."

주희는 아이의 어깨에 손을 올렸다.

"잘 들어. 넌 아직 이런 거 할 나이가 아니야. 너 같은 어린애는 뛰어놀고, 호기심 가득해야 하는 게 정상이라고."
"그럼 저는 비정상이에요?"
"아니, 이런 짓을 해도 괜찮긴 한데…."
"그럼 왜 말려요?"
"어리잖아. 아직 세상에 대해 모르고 있는 게 맞아. 어른들이 하는 말은 무시해."

아이는 고개를 푹 숙이고 아무런 말을 하지 않았다.

"그럼…. 이것만 알려주세요."
"뭔데?"

아이의 볼을 따라 눈물이 흘러내리고 있었다. 주

희는 깜짝 놀라 아이의 눈물을 자신의 옷소매로 닦아주었다.

"왜 울어?"
"모르겠어요…. 제가 지금 느끼는 감정이 무엇인지 모르겠다고요!"

아이는 울먹이며 언성을 높였다. 그런 아이를 조심히 안아 자신의 품 안에 가두었다.

"아직은 몰라도 괜찮아."
"알고 싶어요. 이게…. 제 호기심인걸요?"
"그건 '감정' 중에 '슬픔'이라고 하는 거야."
"저는 왜 '슬픔'을 표현하는 거예요?"
"슬픔은 영양분과 같아. 잠깐 세상을 흐리게 만들지만, 그 비가 지나가면 꽃이 더 튼튼하게 자라."
"어린애 취급하지 마요."
"어린애한테 어린애 취급을 안 하면 아무런 대우

를 해줄 수 없어."

 자신도 감정을 모르기에 기억 속에 있던 예전에 엄마가 말해주신 말을 아이에게 전해주었다. 주희는 자신의 품속에 있는 아이를 빤히 내려다보며 아이가 진정되기를 기다렸다.

 "이제 됐어요…. 그만 가보셔도 괜찮아요."

 주희는 아이의 말에 자리에서 일어나 문을 향해 다가갔다. 문밖은 너무나도 고요하고 조용해졌다. 문을 열고 한 발짝 나가자, 아이는 크게 소리치며 말했다.

 "제 이름은 주희예요! 기억해 줘요. 언니!"

 아이의 소리에 잠에서 일어나 조용히 방문을 열자, 익숙한 꿈속 여성과 엄마의 모습이 겹쳐 보였다. 그리고 기억하기 싫었던 기억들이 돌아오며 엄마의 방안에 덮인 사진을 들추자, 꿈속 남성이 나타났다. 기억하고 싶지 않았던 것을 잠시 생각하며, 거실로 나가자 이혼하기 전의 불행한 엄마의 모습은 사라지고 해맑게 웃는 엄마가 자리 잡았다. 그리고 엄마의 곁에는 진흙탕 같았던 인생의 구원자가 있었다. 엄마의 구원자이자 나의 구원자인 아빠는 다정하게 엄마의 곁에 붙어있었다. 그들의 향해 주희는 발걸음을 옮겼고, 자연스레 그들의 일상에 자리 잡았다.